RITORNA

(O SCRIVI)

Leilac Leamas

© 2025 OCTÁVIO VIANA | SILENT PEN ®
RITORNA
(o scrivi)

Pubblicato negli USA e nell'UE
Prima stampa 2025 (1a edizione)
Riferimento interno SP2025.03 | 27.04.2025 | 14:57
silentpenltd@gmail.com

A coloro che sono ancora sciocchi
per scrivere lettere d'amore.

Questo libro è per voi,
che crediate ancora che una lettera possa cambiare
la direzione delle cose.

Per voi, che rischiate la vergogna della carta nuda solo per
dire "torna", anche quando sapete che non ci sarà una risposta.

Per te che sei così ingenua da scrivere
con il cuore e abbastanza coraggiosa da firmare con il suo vero
nome o con un nome che solo lei sarà in grado di decifrare.

Questo libro è per gli sciocchi —
gli ultimi romantici —
che scrivono ancora lettere d'amore.

Ed è per questo che sono gli unici lucidi.

Prologo

Innanzitutto, c'è un'amputazione simbolica: questo non è un libro d'amore.
Nemmeno di lettere.
Nemmeno la redenzione.
È un'emorragia trattenuta sulla carta, che forse ti sanguina lentamente, come un rasoio dimenticato nella tasca interna della giacca. Il tipo di rasoio a cui si torna quando si è persa la battaglia.

Più di una volta mi è stato detto che scrivere lettere d'amore è un segno di debolezza.

Non sono d'accordo.

La debolezza è fingere di non sentirla.

La debolezza consiste nel memorizzare discorsi sul distacco sognando un tocco che non esiste più.

La debolezza è avere le parole e non usarle.

Amare è un'altra cosa, è una sorta di violenza consentita, un vizio che non può essere senza redenzione.

Non so se ho mai amato. Ma certo che sì, che sciocchezza. Certo che sì, altrimenti non starei scrivendo questo libro.

In realtà, non so nemmeno se quello che provavo era amore, o se era solo un bisogno ben vestito, con scarpe italiane e promesse ironiche che la vita mi faceva.

So solo che l'ho scritto io.

E questo era sufficiente.

Scrivere è sempre stato il mio modo di fingere di essere vivo. E se in questo libro ci sono delle lettere, è perché c'erano dei silenzi troppo densi da sopportare.

Le lettere sono più reali dei corpi.

Non invecchiano.

Non cambiano il loro profumo.

Non mentono nel dopo. Sì, nel dopo il sesso.

Hanno detto quello che dovevano dire solo quando era troppo tardi.

Come un epitaffio che vuole essere affettuoso, ma che viene fuori vendicativo.

Amo male.

Scrivo bene. Penso di sì, scrivo bene, ma c'è chi non è d'accordo e io non sono in disaccordo con chi non è d'accordo con me.

E forse è così che è sempre stata la mia punizione.

C'è un divario tra ciò che si sente e ciò che si può dire. Questo libro vive in quel vuoto.

Forse è per questo che sembro incoerente, o addirittura patetico, o troppo nudo.

Ma se c'è qualcosa di ridicolo qui, è di tipo nobile. È il ridicolo di chi non si vergogna di aver amato e fallito.

Il ridicolo di chi ha avuto l'ardire di scrivere, senza volersi salvare.

Non sono un poeta. Odio i poeti.

Sono un uomo in fuga — dagli altri, da me stesso e da una donna che non voleva essere un personaggio.

Ho fallito in ogni direzione.

Ma l'ho scritto.

Quindi, lettore o complice, questo è per te.

Per te che scrivi ancora lettere d'amore senza destinatario.

Per te, che pieghi i fogli in silenzio come se fossero frasi.

Per voi che credete ancora che ci sia lucidità nella disperazione di amare.

Non è un libro d'amore.

È un agglomerato di assenze e presenze, errori e successi, desideri e bisogni.

E forse — solo forse — un tentativo idiota di ritornare.

1

Lettera segreta
Senza luogo, non datato, non firmato

S ai!? Non so se ti scriverò ancora. Anzi, non so nemmeno se
questa lettera ti arriverà. Forse sarà nascosta nel doppio
fondo del mio Boggi Milano, che porto sempre con me, o
forse mi cadrà in un caffè di Parigi, tra un Negroni e lo sguardo
distratto del cameriere.

Le scrivo perché oggi ho sognato lei... e un processo. Non so se
eri lì come avvocato o come imputato. Forse eri entrambi: un avvocato imputato. Nel sogno, lei parlava con la calma di chi ha perso la
paura, un po' come me, ma ancora più calma. La ascoltavo, come chi
legge un libro proibito alla luce di una candela la cui cera si scioglie
lentamente fino a spegnersi.

Alcuni giorni sono certo di essere stato cancellato. Poi ce ne sono
altri in cui penso che tutto questo, le cause legali, gli pseudonimi, i
libri di spionaggio e i loro messaggi criptati, gli altri, i libri per bambini e le amanti con nomi di città, sia solo un piano idiota per non
impazzire.

Come sai, ho un nome vero. Ho conti a Singapore, in Germania,
Italia, Spagna, Lituania e Belize, come potresti sospettare. Case si-
cure dove ti sei già rifugiata con me e altre dove mi sono rifugiato
da te. Ma quello che non sai è che esiste un intero dizionario che ho

scritto solo per noi. Ogni volta che uso la parola "labirinto", sto dicendo: "ritorna". Ogni volta che dico "strategia", ti chiedo di "abbracciarmi".

Ma alla fine non ti chiedo nulla. Né una risposta né amore. Solo che se un giorno ti troverai in un aeroporto a guardare una porta d'imbarco senza destinazione e sentirai che qualcosa ti chiama, beh, forse sono io. Ma forse è solo l'eco di tutto ciò che non abbiamo detto l'uno all'altro e al mondo.

Non firmato (da chi sono oggi).

2

Risposta alla tua lettera
Roma, senza data, firmato C.

Leilac —
o Octávio —
o quel nome che hai usato solo quando eri nudo e ti sei arreso a ciò che eri prima di essere chiunque altro,

Ho letto la tua lettera senza averla ricevuta.

Ci sono cose che non hanno bisogno di essere consegnate per essere aperte. Questa era una di quelle. L'ho letto perché sapevo che l'avresti scritto e potevo indovinare ogni parola.

Sì, ho sentito il tuo "ritorno" mascherato da "labirinto". Ho intuito il finale che sognavi nel tuo "Gioco di Cuori".

Lo leggo come chi riconosce una vecchia nota in una nuova canzone. E sai che c'è? Per un momento ho quasi ceduto. Ho quasi mollato tutto: gli incontri, il processo a Roma, Jasmin e l'uomo che mi aspetta senza conoscermi come se fossi una prostituta.

Ma poi mi sono ricordato di te. Di noi. Di quello che eravamo quando stavamo insieme e di quello che non saremmo mai stati completamente, perché non lo siamo mai stati.

Sai cosa sei, Leilac?

Un codice emotivo criptato difficile da risolvere. Una poesia scritta con l'inchiostro che appare solo quando è troppo tardi.

Sei un nascondiglio e una trappola. E io... cerco di sfuggire a entrambi.

Ma non pensare che non ti abbia amato.

Ti ho amato con la forza di chi sa di non poter restare. È l'unico motivo per cui esisti ancora. Perché ti tengo nell'unico posto in cui non posso perderti: la mia memoria.

Continua a scrivere i tuoi labirinti.

Continua a insegnare a Micas a resistere.

Continua a scomparire nei luoghi in cui ci si ritrova.

Ma non aspettarmi in un aeroporto.

Non tornerò.

Perché chi se ne va senza mentire non ha bisogno di tornare per essere vero.

C., Roma.

3

Lettera inaspettata
Vila Nova de Gaia, Senza data, Firmato Leilac

Camilla,
Hai letto una lettera che non era destinata a te. Ma lo era. Perché tu, come sempre, sei parte di ciò che scrivo, anche quando non ti scrivo.

La lettera, quella di cui hai trovato la bozza nel mio posto segreto, tra ricevute cancellate e codici di missione in paesi dove non viviamo più, era per un'altra donna che non esiste più nella mia vita. O meglio, a una che è esistita per un breve momento e i cui gesti si confondono con i tuoi: il modo in cui guardi quando non credi in me, il modo in cui tocchi il mio corpo prima di amare, come chi teme che qualcosa si rompa, in te o in me.

Era per una donna che avrebbe potuto essere lei, in un'altra latitudine, con un altro calendario. Una donna che ti assomigliava, ma che non era te. O per tutte le donne che ti portano sulla pelle senza saperlo. L'ho scritta in una notte in cui a Scopello pioveva. Hai presente quelle piogge che non puliscono nulla, ma spingono solo le lacrime di nostalgia contro i vetri?

Non ho mai saputo scrivere lettere con un destinatario fisso, perché è difficile occupare uno spazio che c'è ed esiste. Scrivo alle assenze e alle versioni di me stesso che non tornano più. E a volte —

quasi sempre — si arriva mescolati, ma non da soli. A volte, in quelle occasioni, sei come un profumo su un foulard che non so se è tuo o se l'ho comprato in un bazar marocchino durante una missione a Rabat.

Non giudicarmi male. La tua risposta mi ha ferito con la dolcezza che solo tu sai fare. Hai detto che non saresti tornato e io ti credo. Sei sempre stato più bravo ad andartene che a restare. Ma non ti chiedo di tornare, anche se a volte mi manchi, molto.

Ma dimmi: se non era tua, perché l'hai letta come se lo fosse? E perché hai risposto come uno che scrive nello specchio di una camera d'albergo, pensando che qualcuno entri e lo veda? Tu sai per chi era la lettera. So che lo sai. Era per il tuo riflesso, ma non per te.

Forse perché sapevi che, in fondo, tutti i miei scritti sono una prova per il momento in cui ti rivedrò, o per il momento in cui rivedrò lei. O immaginando che un giorno li rivedrò entrambi.

Sei rimasto dove ti avevo lasciato, al punto esatto tra lucidità e desiderio. Ma sei sempre stata più intelligente di me. Sapevi che l'amore era pericoloso. Io, ingenua, pensavo che codificare l'amore lo avrebbe reso più sicuro. Ma non ho mai capito come si ama, né tu, né il tuo riflesso, né il vero destinatario della lettera.

Mi sbagliavo. Come al solito.

Ma dimmi: sbagliare con te non è sempre stata la cosa giusta da fare?

Leilac

Vila Nova de Gaia, Portogallo.

4

La lettera che basta
Brescia, 2025, Firmato Mariangela

Leilac, cazzo...
Ho letto la tua lettera al mattino, con il caffè tiepido e il cuore che colava come latte ribollito, dimenticato in un bollitore che finiva per traboccare. L'ho letta, riletta e ho giurato che non avrei risposto. Ma eccomi qui, a bruciarmi le ciglia con parole che mi sforzo di scegliere bene, ma che so che non dovrebbero esistere. Sono parole che mi scoppiano dentro come petardi lanciati male.

Dici che forse non era per me. Forse era per qualcun altro. Vaffanculo con i tuoi "forse", Leilac. Non hai mai saputo essere integro, nemmeno quando ti sei sdraiato su di me con lo sguardo di chi amava ma non riusciva a reggere, cazzo.

Quella lettera, quella lettera di merda che hai nascosto nella tua valigia come un uomo importante e un bambino cresciuto, aveva il mio nome scarabocchiato tra le righe. Era lì, nella curva del "labirinto", nel modo sornione in cui chiedevi "abbracciami" senza averlo mai detto ad alta voce. Ma era troppo tardi, non è vero? Sei sempre stato più bravo a scrivere che a essere, a fingere che ad amare.

Scrivi come uno che sputa fascino da ogni poro, ma ti manca il sangue. Ti mancano le ossa. Ti manca la pelle. Sei tutto, ma poi non sei niente. Pensaci: sei mai stato reale con me? Oppure hai sempre fatto le prove per la prossima scena, la prossima donna e il prossimo segreto?

Dannazione, Leilac, eri veleno al profumo di lavanda e ti ho bevuto come uno che vuole morire lentamente. Eri la mia cicuta, che Socrate bevve per non dover mentire e negare i suoi valori.

Sì, ti ho amato. Con un amore fottuto, di quelli che bruciano anche quando il letto è freddo. Ma tu? Non hai mai saputo cosa fare con l'amore vero. Sei bravo con i codici, con le strategie, con i discorsi per i giudici e per i bambini orfani, ma sei un bambino perso quando qualcuno ti ama senza nasconderlo.

Sai cosa mi fa più male? È che ancora adesso, mentre ti invio questa raffica di parole maledette, continuo a immaginare il suono della tua voce che legge in silenzio, con quel sorriso all'angolo della bocca che indossi quando sai di aver vinto. E tu vinci sempre, non è vero, *stronzo*?

Ma non oggi. Oggi scrivo. E non con pietà. È con rabbia, con dolore e con quel tipo di tenerezza che si dà solo alle persone che non si toccheranno mai più.

Vai, Leilac. Vai a scrivere i tuoi piccoli libri. Vai a insegnare a Micas come salvare il mondo. Lasciati coinvolgere nelle sue cospirazioni di lusso, nelle sue amanti con nomi di stazioni della metropolitana. Sarai l'eroe di carta che hai sempre voluto essere. Nasconderai tutto ciò che ti trascini dietro, dalle aziende giganti ai cuori ancora più grandi, in qualche storia che scrivi solo per provocare. I tuoi libri sono elogio, ma sono anche, e forse ancor più, provocazione.

Ma lasciami fuori. Sono carne, non un personaggio. Sono Mariangela. Non ti appartengo più e non appartengo ai tuoi segreti o ai tuoi silenzi, anche se ti ostini a incollarmi ai tuoi libri.

Che basti.
Mariangela
Brescia, Italia, 2025.

5

Lettera in ginocchio
Palermo, Non datato, firmato Leilac

Mariangela,
Hai detto "cicuta" e ho rabbrividito. Non per la parola, sai che le parole a volte sono un'armatura per me, ma per quello che portava con sé. Quell'immagine di Socrate, dipinta da Jacques-Louis David nel 1787, con il braccio che afferra saldamente il calice mentre gli altri, straziati dal dolore, piangono la sua lucida scelta. Tu sei quegli altri, ma sei anche il calice. Con un po' di vergogna, per me, sei ancora il vecchio filosofo convinto che morire con coerenza sia più dignitoso di una vita fatta di concessioni. È più nobile morire interi che vivere a pezzi.

Ma non sei morta, Mariangela. Ho fatto finta di esserlo. Ti ho nascosto nella carta. Ma non ti ho mai ucciso veramente. Ti ho lasciato la penna d'oca e ho continuato a scrivere.

L'hai bevuta tutta quando mi aspettavo che ti bagnassi solo le labbra.

Ho letto la tua lettera come se fosse il giudizio finale. E forse lo è. So che lo è, o quasi. La nuda verità, scatenata con la furia di chi ha amato in ginocchio ed è rimasto in piedi. Hai detto che non sei un personaggio. Che sei carne. Lo so... e anche questo. Lo so da molto più tempo di quanto tu non ti renda conto o ammetta. So che ti ho trasformato in un personaggio proprio perché non potevo sopportare la tua realtà. Perché sei troppo. Perché sei più di quanto il mio foglio possa contenere e più di quanto i miei verbi possano coniugare.

Sei stata l'unica che non ho mai dovuto decifrare, ma non ho mai capito, ed è per questo che sono scappato. Perché amare senza bisogno di traduzione mi fa più paura di un rompicapo del diavolo, di un labirinto dello scrittore o di una partita a carte con solo cuori.

Mi hai chiamato stronzo. Hai ragione. Lo sono. Uno stronzo. Un codardo. Un bastardo con un taccuino Moleskine e una Montblanc. Un uomo con conti *offshore* che più che proteggere il denaro, garantiscono la mia fuga. Tu mi hai amato come chi si lancia senza rete, e io... stavo già scrivendo la caduta prima ancora di tenerti per mano.

Ma c'è qualcosa che forse non sai, o forse sai e hai fatto finta di dimenticare per proteggermi: anch'io sono morto, Mariangela. Non come Socrate, non con eroismo, ma con una successione di piccole morti. Ogni volta che mi hai allontanato dalla tua pelle. Ogni volta che hai abbandonato il mio letto prima che la menzogna si fosse consolidata. Ogni volta che hai detto "basta" e io, invece di lottare, ho preso la penna e ho scritto un nuovo capitolo.

Ora mi dici che non ti appartengo e lo accetto. Ma almeno fammi appartenere all'errore, al fallimento e al ricordo. Voglio anche appartenere e far parte delle pagine che non hai mai letto, dove ti ho disegnato come una Madonna in rovina, come una Venere in armatura e come una donna che brucia e congela in un solo gesto.

Hai detto: "Che basti". Io, che ho usato le parole come armi, oggi non ne ho nessuna che mi salvi. Ti dico solo questo: se mai vedrai un uomo seduto su una panchina di pietra, in silenzio, in un qualsiasi museo dove la tela di David è esposta proprio come il Guernica di Madrid, con la forza della sua mancanza di colore e il ritratto della guerra, se lo vedrai, quell'uomo, fissando il gesto del calice, senza sapere se ammirare o lamentarsi, saprai che sono io. Non parlarmi. Non toccarmi. Ma guardami, solo un secondo, e ricordati che sono stato tuo. Anche se male. Anche se troppo tardi.

Con l'inchiostro che mi è rimasto,
Leilac. Palermo.

6

Lettera senza risposta
Roma, Senza data, Firmato Camilla

Leilac,
Speravo in una risposta. Non una risposta qualsiasi, da parte tua.

Ho aspettato come chi sa che non dovrebbe, ma aspetta lo stesso. Come chi rimane seduto dopo che tutti hanno lasciato la stanza.

Ma ora capisco.

La lettera che ti ho scritto... non avrebbe mai dovuto lasciare le mie mani. Non è stato un errore. È stata una debolezza.

Non sei obbligato a rispondere e ti prego di non scrivere di nuovo con nostalgia ciò che non sei mai riuscito a dire con coraggio.

Camilla, Roma.

7

Lettere dal passato
Madrid, 1° aprile 2025, Leilac

La giornata è iniziata non appena sono sceso dall'aereo. Madrid ribolliva, come se avesse qualcosa contro di me. La città mi ha accolto come se le dovessi qualcosa. Non avevo ancora messo piede a terra e già mi sentivo in colpa.

Ho preso un Uber fuori dall'aeroporto. Era una Tesla bianca, che in teoria avrebbe dovuto significare comodità. Ma puzzava di alito stantio, deodorante troppo forte e sudore. Il calore usciva dall'aria condizionata come se l'auto stesse bruciando dall'interno. E io ero lì, senza alcuna voglia di parlare o persino di esistere.

Arrivai a Cava Baja con il nome dell'albergo in testa: "Posada del Dragón", un nome che mi era suonato bene la sera prima, quando l'avevo composto in fretta e furia con gli occhi socchiusi e la memoria intrisa di te. Ma lì, di fronte a una taverna con le lettere dipinte sul muro marrone, come in una telenovela spagnola degli anni '80, mi resi conto di aver fatto una cazzata.

C'era una porta con un cartello nero con scritto cibo in gesso, l'odore di vecchio cibo fritto e una musica orribile che gocciolava dal soffitto. Entrai. In fondo, dove il bancone finiva e il bar dimenticava se stesso, c'era un bancone della reception imbarazzato e rimpicciolito, che quasi si scusava di esistere.

Ho fatto il *check-in* come se avessi firmato un foglio per non commettere un errore. Andai a posare i bagagli e a cercare di rinfrescarmi. Ma quel buco di merda non era un boutique hotel, né un quattro stelle come diceva di essere, e non era nemmeno una locanda onesta. Sembrava un vecchio bordello, una di quelle case che si perdono nei film di pirati spagnoli — dove all'ingresso c'è la taverna per gli ubriachi e le puttane, e sul retro, in un imbarazzante cortile a forma di U, ci sono balconi e stanze con porte che gemono di stanchezza. Mancavano solo le puttane che si sporgevano dai balconi con abiti rossi in tinta con le porte e denti mancanti, che ridevano di me e dicevano *"¡hola, guapo!"* come se sapessero cosa stavo per fare.

La stanza, che si ostinano a chiamare *"deluxe"*, era una cella di prigione con pretese di arte contemporanea. Una lampada a filo ritorto, un telefono arancione degno di un *bunker* sovietico e un bagno senza porta, aperto sul letto come se si dovesse cagare con i testimoni. Cercai di ridere, ma non mi uscì nemmeno quello.

Ma è quello che sono anch'io, no? Un ragazzo che giace in letti dove non dovrebbe, con persone che vivono solo nella sua testa.

Alle cinque avevo un incontro con gli israeliani all'Europa Tower. Ho camminato. Un'ora di camminata mi aiuta a fingere di fare qualcosa di utile con il mio corpo. Lì vicino, prima di partire, mi sono infilato in gola un panino con una tortilla. Pane nel pane. Una sorta di battuta spagnola sulla vita: mettere il ripieno dove c'è solo ripetizione.

La riunione è stata veloce. Documenti. Saluti. Decisioni come la scelta della salsa su un panino: non molto importanti, ma di grande impatto.

È andata bene. E allora? Cosa cambia? Niente può togliere la sensazione di essere sporchi dentro. Non fisicamente, ma davvero sporca, come quando si casa e si sente che il mondo fuori ha perso qualcosa di giusto.

Ho pensato a te. Ma non con nostalgia. Con quel nuovo sentimento che non ha nome: un misto di vergogna, tenerezza e rabbia per ciò che non abbiamo mai saputo dire.

Il secondo incontro era previsto per le 18:00 nel quartiere di Salamanca, in Calle Jorge Juan — dove Madrid finge di essere civile.

Un'altra mezz'ora a piedi. E la mia anima si trascinava dentro il mio corpo come un sacco di mattoni.

Avevo prenotato all'Amazónico. Quello. L'originale. Prima dei suoi successori a Monte Carlo o a Dubai. Era quello che aveva un significato per me, perché profumava ancora di memoria, la mia, non di *marketing*. Ho scelto il sushi bar. Non avevo voglia dei lustrini della finta giungla, solo uno sgabello, un uomo, del pesce crudo e forse un bicchiere. Volevo il minimo, per lasciare spazio al resto. Le conversazioni. Tra le righe. La possibilità che tu varcassi la porta e ti sedessi accanto a me, come se non fosse successo nulla. Come se fossi ancora mia.

Ma tu non c'eri. Non eri in città, non eri nella mia vita e non eri nemmeno nei piani. Il che è comprensibile, la città non era tua e nemmeno la mia vita. Né i tuoi progetti si intersecavano con i miei.

Ero stanco di sopportare il silenzio da solo, così ti ho sostituito. Il giorno prima avevo scorso la mia lista elettronica di nomi con indirizzi affettivi a Madrid. Sierra. Ma certo. Ci siamo incontrati proprio lì, in quel ristorante. Un appuntamento a cena, ho pensato. Una riunione senza compromessi, forse con una dose minima di nostalgia.

Avevamo prenotato per le venti. Ma alle diciotto è arrivato il messaggio WhatsApp: "Riunione del Consiglio prenotata in fretta", lei ci andava, ma non sapeva quando sarebbe partita. Ha disdetto. Con quel tono leggero di chi non ci deve più nulla.

Io, che mi rifiuto di perdere anche quando sono già sepolto, ho insistito sul piano. Avevo bisogno di quella cena. Avevo bisogno di quella sera, non di un'altra. Non mi importava della compagnia, bastava che parlassi. Di te, di me, di qualsiasi cosa che potesse distrarmi dalla stanza del bordello in cui mi ero cacciato.

Scorro velocemente l'elenco. Ho lanciato diversi messaggi come chi spara in aria aspettando che qualcuno gridi "qui". La prima a rispondere fu Grazia. Non mi ricordavo di lei. Avevo salvato il suo contatto con un codice che solo io so leggere: una specie di archivio della vergogna, del passato o dei bei tempi, ma effimero. Le chiesi chi fosse, non ricordavo né lei né il nome che segnava il suo numero di telefono. Mi rispose: "1,80 e capelli rossi". Certo. Avevamo avuto una storia, forse sotto le lenzuola o nel bagno di qualche pub. Non importava. "Probabilmente", disse. "Vuole cenare?" chiesi. "A mio marito potrebbe non piacere". Risposi: "Non sono geloso". Lei ha riso con un'*emoji*. Il tempo ci ha trasformati in caricature.

Poi ho provato con Severina. Mi ha detto che aveva già degli impegni. Ho insistito. Le ho detto che non si trattava del prossimo, ma di questo. Che il prossimo era troppo lontano per una persona che stava sprofondando in una giornata di merda. Lei rispose: "Chiunque abbia aspettato otto anni per mandarmi un messaggio può aspettarne altri due per la cena". Ci fu silenzio.

Altri cinque nomi dopo e il vuoto è stato confermato. In passato, quando eravamo tutti più giovani e più vergognosi, bastava un "andiamo" e tutto accadeva. Ora ci sono ordini del giorno, figli, mariti e una certa stanchezza nelle risposte. Ed eccomi lì, un uomo che cercava di salvare la situazione con una cena, senza altra intenzione che quella di mangiare un cazzo e di farsi sopportare dalla compagnia. Un'ora, non ne avevo più bisogno.

La riunione è stata posticipata alle 7.45. Arrivai allo studio legale quindici minuti prima della chiusura delle porte. Angel, che era venuto da Santiago solo per me, arrivò per primo. Poi Javier. La conversazione fu rapida e pulita. Era tutto sistemato. Dovevo essere soddisfatto. Ma quella sensazione di sporcizia emotiva è rimasta incollata alle mie ossa e si è diffusa sulla superficie della mia pelle, come l'umidità che non si asciuga ma si infiltra.

E come se la giornata avesse ancora bisogno di essere presa a calci, arriva un'*e-mail* da Rodrigo Madrigal. La sentenza di una piccola causa: condominio contro appaltatore. Un giudice abbagliato da un avvocato che era stato Segretario di Stato alla Cultura per pochi giorni, forse meno di una settimana. Probabilmente sette giorni. Come possono sette giorni di potere legittimare una decisione assurda? Quel giudice aveva altri nostri casi. Importanti. Aveva sbagliato anche in altri. La Corte Suprema l'ha corretta, ma il danno psicologico era fatto.

Ho camminato fino all'hotel. O al bordello con pretese da *bunker* sovietico. Inevitabilmente passai davanti alla porta dell'Amazónico. Il sito era ancora aperto e probabilmente il locale era ancora vuoto. Rimasi lì per un attimo. Stavo per entrare. Ma non ho avuto il coraggio di sedermi da solo al sushi bar, come un tizio che ha perso il treno della vita ma cerca comunque di cenare bene.

Sono finito in un pub di strada. Un bancone di acciaio inossidabile, luce bianca e una grassa signora con i baffi che vendeva torte secche dietro una vetrina appannata. Ne mangiai sei. Sei. Una specie di penitenza. Le innaffiai con acqua gassata, perché era l'unica cosa che sembrava pulita.

Sono tornato nella mia stanza. Alla cella. Al letto. La lampada tremolava come se stesse morendo di una morte lenta. Il telefono arancione mi guardava come un avvertimento. Mi resta ancora un giorno a Madrid. Una volta amavo questa città, ma ora l'unica idea che mi attraversa la mente è andarmene, prima che mi riconsegni a quella parte di me che non desidero più.

Leilac.

Madrid, 1° aprile 2025

8

Il surrealismo della sentenza
Madrid, 2 aprile 2025, Leilac

Rodrigo,
Ti sto scrivendo da un caffè trasandato ma simpatico vicino al Museo Reina Sofía di Madrid. La città si è svegliata più lentamente di me, il che non è facile. Ho ordinato un caffè corto che è arrivato tiepido e una tostada con pomodori che sapeva già di pranzo.

Ho appena lasciato quel simulacro di albergo, con la reception mimetizzata in fondo al bancone di un'osteria con l'odore di fritto del 1987 e di puttane in pensione. Ho portato con me l'odore e una rabbia che mi cresce nello stomaco come la muffa su un muro scuro, disgustoso e umido.

Ma non sto scrivendo per lamentarmi dell'hotel, è la frase. La frase del cazzo.

Quel capolavoro di delirio giuridico.

Quella frase che sembra scritta con una penna nera intinta nel disprezzo.

Rodrigo, che cazzo è stato?

Veniamo ai fatti, che fortunatamente il giudice, da parte sua, non è riuscito a sminuire:

— C'era un contratto.

— Il contratto prevedeva tre mesi.

— Le parti hanno firmato il contratto con le mani, gli occhi aperti e la piena consapevolezza. Con l'eccezione di quella clausola insidiosa e fuorviante sulla percentuale di permillage.

— L'autorità pubblica di pianificazione urbana, Gaiurb, ha convalidato il lavoro tre mesi dopo la firma del contratto.

— L'appaltatore, quell'artista del cemento, rappresentato da un avvocato e scrittore, ha confermato per iscritto, via *e-mail,* che la scadenza era di tre mesi. Non ha detto "forse". Non ha detto "vediamo se ce la facciamo". Ha detto: tre mesi. — Il che, va notato, non fa che rafforzare l'assurdità della sentenza.

Eppure il giudice, con un gesto di creatività che farebbe arrossire un surrealista come Dalì, decise che la scadenza era in realtà di sei mesi. Perché?

Perché, l'hai visto, e sicuramente sei rimasto stupito come me, il palazzo accanto, con un altro condominio, un altro contratto, un altro mondo, ha firmato quattro mesi dopo un accordo che prevedeva un termine di sei mesi.

E, nella mente illuminata del magistrato, ciò è stato sufficiente per ritenere che il nostro condominio, senza nulla di firmato, senza alcuna comunicazione in tal senso e senza nemmeno un cenno, abbia tacitamente accettato questa nuova scadenza.

Tacitamente.

Quella parola che in bocca al giudice fungeva da carta magica del monopoli: "vai alla casa rotta senza andare in prigione".

Rodrigo, questa non è giustizia.

Si tratta di malafede mista a musica da ascensore legale.

Il contratto esiste. È scritto. È firmato. È stato confermato. È lì.

E lei, con una piroetta argomentativa degna di una ginnasta russa dopata, lo scavalca come se fosse un gradino scomodo sulla strada della sua tesi privata di giurisprudenza immaginaria che favorisce l'abbaglio di una posizione di segretario di Stato che non è nemmeno sua.

Cosa direbbe Micas?

Micas direbbe che è come quando hai deciso di mangiare un gelato dopo cena e all'ultimo minuto ti dicono che la cena durerà tre giorni, ma tu avevi già fame quella sera.

Direi che non vale la pena di cambiare le regole del gioco quando la partita è già iniziata.

Direi che "tacitamente" è una parola che gli adulti usano quando vogliono mentire e apparire corretti e leali.

E avrebbe ragione.

La cosa più tragica di tutto questo è che nessuno dei nostri argomenti è stato messo in discussione. Nessuna prova è stata respinta. I fatti sono stati dimostrati: i tempi in cui il lavoro è stato completato, dopo i tre mesi previsti dal contratto; la conferma *via e-mail*; tutto.

Eppure ha deciso il contrario di ciò che ha visto.

Non c'è giustizia possibile quando la realtà viene vista, accettata e poi ignorata.

Quello che è successo qui non è stato un errore. È stato un atto di deliberata disobbedienza alla ragione contrattuale, a ciò che è giusto ed equo.

Ma la risorsa ci salva dalla completa follia.

La tua mano ferma, il freddo ragionamento con il sangue caldo, sono tutti lì. L'ho letto ieri sera con la lampada della "cella" che tremolava e il rumore dei passi sulle scale del bordello in sottofondo. E ho provato una certa consolazione. Non per la speranza — che è già una cosa da sfigati — ma per il fatto di saper dire "basta" con eleganza.

Continuare.

Attaccare con tutto.

Non per me, né per i condomini, ma per tutti coloro che credono ancora che firmare un contratto serva a qualcosa.

Sono qui, come sempre, ironia, stanchezza e un coltello in tasca.

Leilac, 2 aprile, Madrid.

9

Guernica
Aeroporto di Madrid, 2 aprile 2025, Leilac

Francesca,
Poche ore fa ho lasciato quell'inferno sudicio dove ho trascorso l'ultima notte, un albergo che non era un albergo, un letto che sembrava una punizione e uno specchio che mi dava sempre lo stesso sguardo: quello di chi non ha più la sorpresa sul viso. Ho fatto il *check-out* senza dire buongiorno. Gli hotel non meritano parole quando ci trattano come avanzi.

Ieri, dopo l'ultima riunione e una sentenza che ha lacerato la mia idea di logica e giustizia come carta bagnata che si sbriciola tra le mani, sono fuggito al Reina Sofía. Ho fatto quello che faccio sempre quando Madrid mi tratta male: sono andato a chiedere scusa a Guernica. Non a Picasso, non all'arte. Al quadro. Al quadro stesso. Quel toro ferito in vernice nera e carboncino.

Sono rimasto in piedi per più di quaranta minuti. Rimanendo immobile. Con lo sguardo fisso.

La gente mi passava accanto, scattava foto e commentava curiosità come se stesse guardando la vetrina di un negozio di abbigliamento in saldo. Ma io sono rimasto. Immobile. Come un sopravvissuto che torna sul luogo del bombardamento.

Sai cosa mi fa incazzare, Francesca?

Non è solo un dipinto.

È un'autopsia in diretta.

Guernica è l'ultima pagina di un diario scritto con ossa rotte e bocche aperte che urlano all'interno, il tutto visto da diverse angolazioni.

Non c'è centro. Non c'è riposo. Nessuna gerarchia.

Tutto si rovescia. Tutto sanguina. Tutto è simultaneo.

È come il nostro mondo. È come la mia testa.

Guardai il cavallo, il suo corpo distorto dal dolore, la sua lingua come un coltello. E ho visto me stesso. Me. Che cercavo di superare questi giorni con un po' di dignità, ma che dentro di me singhiozzava.

Ti ho visto sul toro. In piedi. Statica. Dura come un codice penale.

Con quello sguardo che portavi quando eri sotto copertura, ma sapevi che qualcuno ti aveva scoperto. Toscin ti aveva scoperto, io ti avevo scoperto.

Ho visto la donna che teneva in braccio e piangeva il figlio morto e ho riconosciuto Maria dalla porta del tuo palazzo — sì, anche quella — con gli occhi sempre più profondi di chi ha visto troppe ingiustizie per sorprendersi di un'altra.

E poi c'erano le mani. Tante.

Tutti aperti.

Tutti chiedono aiuto, o dicono basta, o semplicemente confermano di essere ancora legati a qualcuno.

C'ero anch'io, Francesca.

Ho anche aperto le mani.

Ma non per chiedere qualcosa. Solo per far cadere quello che ancora portavo con me, e non era leggero.

Guernica è fatta di toni grigi perché il colore sarebbe un insulto.

Il colore fingeva che ci fosse ancora speranza.

E lì, in quel quadro, c'è un mondo dopo la fine.

Un mondo in cui tutto è già accaduto: il disastro, il tradimento, il silenzio e la ripetizione di ciò che sapevamo sarebbe andato male.

Eppure tutto continua ad accadere.

Non è un dipinto.

È una mappa delle emozioni per chiunque sappia leggerla, e mostra tutto ciò che si è perso e continua a muoversi.

Lo sai.

Tu, che hai passato mesi sotto copertura nel cuore putrido della mafia, sai cosa significa vivere tra i mostri senza lasciare che il tuo sangue venga contaminato.

Sai cosa significa fingere che la missione ti basti, quando invece volevi solo un letto onesto e un amore senza condizioni.

La verità, Francesca — e qui sono fin troppo sincero per uno che deve prendere un volo — è che continuo a cercare Mariangela nelle donne sbagliate. Negli incontri giusti. Nei silenzi più improbabili.

Vedo ancora Mariangela in quella donna che tiene la candela nel'angolo di Guernica.

Non perché sia la luce. Ma perché è la testimone.

Hai visto il peggio di me.

E non sei scappato.

Ma hai anche visto il lato migliore, quello umano e fragile della nostra prima notte nel rifugio di Ferrara.

E io... sono solo un'altra persona che cerca di dare un senso al caos, aggrappandosi alle parole e alla lavagna come altri si aggrappano ai coltelli.

Ritorno. A casa, sì. Ma anche a te, presto, a Palermo.

Il 17 sarò a Palermo.

Arrivo nel primo pomeriggio. Vado subito a Scopello, come faccio sempre quando ho bisogno di ricordare chi sono, o chi ero, prima di tutto questo, prima di guardare Guernica, oggi, questa prima volta, dopo tante altre precedenti. Perché ogni volta che lo guardo è come se vedessi qualcosa di nuovo, qualcosa che non ho mai visto prima. È sempre diverso, non il quadro, ma la sensazione.

Avete presente il profumo che mi accoglie ogni volta che arrivo in Sicilia? È l'odore caldo della pietra al sole e del mare stanco.

L'odore dei muri che custodiscono i miei ricordi più felici, l'odore delle lenzuola lavate a mano, il suono delle porte che sbattono nella brezza leggera solo per confermare che esistono ancora.

Da quando ho venduto la casa sicura di Palermo, quella di Scopello è l'unica che mi riconosce ancora con il mio vecchio nome.

L'unico dove l'acqua ha il sapore che mi piace bere, dove i libri portano ancora le sue impronte, quelle di Mariangela, ma anche le tue.

In fondo, sono passate entrambe. Solo in modi così simili che la casa non sa ancora quale dei due sia rimasto.

Con Mariangela, quella casa è stata la prova generale di ciò che non è mai accaduto. Era la casa di gesti quasi teneri, di discussioni interrotte da baci e di cene iniziate troppo tardi per essere innocenti.

È lì che c'era quasi un futuro.

E ora è solo un rifugio.

Rifugio senza piani.

Con te era una compagnia, una voce amica e, soprattutto, una spalla da ascoltare e su cui appoggiarsi.

Quindi se sei nei paraggi, o ne hai voglia, magari potremmo pranzare insieme. O a cena.

Niente di solenne. Solo pane, vino, ricordi e occhi negli occhi.

Non ci sono promesse nascoste.

Un solo chiaro desiderio: avere di nuovo la tua presenza fuori dal labirinto.

Voglio vederti sorridere con gli occhi.

Dimmi se puoi.

O se preferisci non farlo.

Io ci sarò.

Anche da soli.

Leilac

Madrid, 2 aprile 2025

10

Se il mare è selvaggio
Cefalú, 5 aprile 2025, Francesca

Leilac,
Sì, sarò a Palermo il 17.

Se è una cena, tanto meglio. Se si tratta di un pranzo, va bene lo stesso. Possiamo scegliere il giorno prima, a seconda di quello che ti va.

La lettura della tua lettera mi ha fatto venire le lacrime agli occhi, come sempre.

Non per emozione.

Per la difesa.

C'è sempre qualcosa nelle tue parole che ti fa arrabbiare, che ti fa piangere...

Sono sola. Credo di avertelo già detto.

Dalla rottura. Due mesi, poco più.

Se n'è andato con una valigia e non è più tornato. Non ci sono stati drammi o urla. Era tutto lì. Vigliaccheria. Paura della mafia, non appena hanno scoperto il mio passato.

Un altro corpo si alzò e chiuse la porta.

Ho tenuto i libri, i bicchieri di vino e il divano a L. Spero di non diventare un'alcolizzata.

A volte dormo sul suo fianco. A volte sul mio.

Dipende dalla notte.

Non ho nessuno.

E non è più facile da avere.

L'età fa questo effetto. Toglie la brillantezza e lascia la lucidità, e la lucidità è una pessima compagnia per gli appuntamenti.

La bellezza, quella che avevamo ai nostri occhi e agli occhi degli altri, è evaporata. Quasi cinquant'anni non sono più venti.

Ora è tutto nelle tue mani.

Con gesti calmi.

Saper ascoltare senza interrompere.

Ma questo non interessa quasi a nessuno.

Sto ancora facendo il mio lavoro.

Sono stata richiamata a Roma, ma ho rimandato.

Mi richiamano, forse ora con onori e medaglie. È una buona cosa. Sento che qualcuno mi vuole.

Ma sono stanca. Stanca di vedere sempre le stesse bugie con voci nuove.

Devo camminare lentamente.

Palermo è il posto giusto per questo.

Ci vediamo il 17.

Non portarmi fiori.

Porta i libri.

Ho pane e vino.

Se il mare è selvaggio, tanto meglio.

Francesca

Cefalú, 5 aprile 2025.

11

Morto ieri
Vicenza, 5 aprile 2025, Mariangela

Leucemia linfoblastica acuta, come già sapevi, come tutti sapevamo.

Sono andata a trovarlo due settimane prima. Parlava a malapena. Gli occhi c'erano, ma la voce non era più la sua. Gli chiesi se voleva che chiamassi qualcuno, mi rispose di no. Ho anche pensato a te, sinceramente, per la redenzione e la misericordia.

Fece quel gesto con la mano, il solito, allontanando il mondo, come a dire: "Lasciatemi andare come sono venuto".

Sono rimasta per un po'. Non c'era molto altro da fare.

Non sto scrivendo per drammatizzare. Né per senso di colpa.

Solo per informarti.

Lo era. Forse eri felice di sentire la notizia. Se c'erano persone che si odiavano a vicenda, eravate tu e lui.

Nonostante tutto, anche con tutto quello che ha fatto e ha fatto, la mia anima si è spezzata. Non so come spiegarlo. Non era amore, lo sai. Non era un dolore come la perdita di una persona con cui vuoi tornare, come mi sento con te, vivo. Era una vecchia perdita, forse di ciò che non è mai accaduto e che non sarebbe mai potuto accadere. Non eravamo fatti l'uno per l'altra, come io lo sono per te e tu per me.

Non l'ho mai amato come ho amato te.

Lui lo sapeva. Lo ha sempre saputo. Lo sapeva a Parigi, quando sei arrivato, quando sei tornato con la tua "Gioco di Cuori".

E non mi ha mai perdonato. Né io ho perdonato lui, per aver perso tempo a volerlo amare senza mai riuscirci.

Tuttavia, in quel momento, siamo rimasti. Un po' per abitudine, un po' per silenzio e, soprattutto, per allontanarmi da te e da quello che provavo per te.

Era più facile così. Per me, ma non per lui.

Oggi la casa è tranquilla in modo diverso.

Prima era tranquillo. Ma ora è vuota. Da quando te ne sei andato, la casa è stata vuota perché nessun altro è venuto qui o là. Ma oggi è vuota anche di Mateo.

Non so se ti rendi conto della differenza. Io credo di sì.

Non andrò al funerale.

La sua famiglia. Quelli che si sono ricordati di presentarsi negli ultimi mesi.

Non ho bisogno di dirgli addio. Gli ho detto addio molto tempo fa, quando era ancora vivo. Forse non nel modo migliore, ma me ne sono andata.

Ti scrivo perché sei l'unica persona che potrebbe capirlo senza chiedermi spiegazioni.

E perché, anche se sei lontano, sei sempre il nome che mi viene in mente quando tutto il resto va in pezzi.

Tutto qui.

Mariangela

Vincenza, 5 aprile 2025

12

Il dolore di Mariangela
Chiclana, 06 aprile 2025, Leilac

Mariangela,
Ho ricevuto la tua lettera con la lentezza di chi sa già cosa c'è scritto prima di aprire la busta. Come se il peso delle parole attraversasse la carta prima dell'inchiostro. Sapevo che Mateo stava morendo. Sapevo che sarebbe stato adesso. Sapevo che non sarebbe stato per un altro mese. Lo sapevo... e lo desideravo.

Sì, l'ho fatto. Non fingerò di essere nobile. Non lo sono. Non lo sono mai stato con te e non intendo iniziare adesso. Ho desiderato la morte di Mateo, con la crudeltà di un uomo ferito e la freddezza di chi ha perso tutto per colpa di qualcuno che non meritava nulla di ciò che ha avuto.

Senti, non era solo gelosia. Non era solo il fatto che ti ha portato via da me una, due, tre volte, sempre con quella posa da povero cagnolino rognoso, come se fosse la vittima di una storia scritta da lui stesso. C'era di più. Era odio. Un odio che mi bruciava dentro e mi mordeva le unghie.

Ha mentito. Su di te, su di me... su di noi. Ha fatto leva sulla tua paura, sulla tua stanchezza e sulla tua memoria. E quel figlio di puttana ha giocato bene. Perché ha vinto. Ha guadagnato tempo. Ha guadagnato presenza. Ha guadagnato un corpo accanto a te. E io?

Ho guardato da lontano. Sapendo che dormivi con qualcuno che non amavi, ma che sapeva tenerti accanto.

A Capri, quel giorno alla Fontelina. La spiaggia piena di corpi abbronzati, compresi i tuoi e quelli di Chiara, e i turisti che fanno finta che la vita sia eterna e io con lui in mezzo alla rabbia, non riesco a togliermi dalla testa.

Quella lotta. Quella lotta corpo a corpo che è stata quasi un omicidio consensuale. Se non fosse scivolato su quella pietra bagnata, l'avrei spinto più forte. Non so se mi capisci. Ma so cosa ho fatto. So cosa stavo per fare. So cosa volevo: sfigurarlo, finché non fosse più qualcuno, finché non fosse più il tuo passato e un fottuto ostacolo tra te e me. Fino a quando non sarebbe più esistito. E ora... è così.

Ma una morte è una morte. E questo cambia tutto.

Perché la morte, Mariangela, è la fine e l'inizio. Non dell'altro. Di noi. La morte di qualcuno che ci ha abitato, anche quando era odiato, anche quando era ingiusto, anche quando era estraneo, cambia tutto. È come se cambiassero il pavimento della stanza in cui siamo cresciuti e ci costringessero a camminare senza sapere dove mettere i piedi.

La verità è che non sappiamo mai come reagire alla morte di qualcuno che abbiamo amato molto. O di qualcuno che ci ha amato male.

Mateo è stato il tuo errore sicuro. L'uomo di transizione che non ha mai lasciato il posto. Un tipo di mobile che non si butta via perché è lì da troppo tempo. Non ti giudico. Io sono stato peggio. Sono stato l'uomo che è rimasto perché l'altra persona non aveva il coraggio. Sono stato il sostituto. Sono stato la rottura. Sono stato la spalla sbagliata. Sono stato quello che tu eri con lui.

E ora lui è morto e tu mi hai scritto. Peggio ancora, sono qui a risponderti, non per lui, ma per te. Perché so cosa fa male perdere anche senza amore. So cosa significa sentire il proprio corpo fatto a pezzi da qualcuno che non si ama più. So cosa significa sentire la mancanza di ciò che non si vuole indietro.

Lascia che ti dica una cosa che ho imparato facendo crescere le Micas attraverso le parole scritte, come semi che mettono radici per germogliare fiori e dare frutti, guardando le donne che passano, le nonne Mariquinhas, vedendo tutto crollare ogni giorno solo per andare avanti: il lutto non riguarda i morti. Non lo è mai stato.

Il lutto riguarda ciò che ci rimane addosso dopo la morte. Si tratta delle domande che non possiamo più fare. Le spiegazioni che non sono mai arrivate. Gli abbracci che abbiamo rifiutato. Le discussioni finite male. I segreti che nessuno confermerà mai. Il lutto è assenza piena. È silenzio con memoria.

E nessuno ce lo insegna. Ci viene detto di andare al funerale, di vestirci di nero, di non piangere troppo o troppo poco. Di essere "forti". Un cazzo di forte, come sicuramente dirai tu. E poi? Poi rimaniamo soli con i fantasmi. Siamo soli con quel momento in cui entriamo in una stanza e l'odore è ancora lì. O quando si apre un libro e si trova un biglietto. O, peggio ancora, si sente pronunciare il nome di una persona da qualcuno che non sa che è morta.

E il corpo trema. Anche se la mente dice: è finita.

Cazzo, sei ancora viva, mi hai appena scritto e lo sento tutto. L'odore, il tuo, che manca nella mia stanza. Quel biglietto dell'opera "Carmen", la donna più attraente di tutte, con Marina Viotti, a Zurigo, all'Opernhaus Zürich, che conservo dentro un libro in cui tu sei la protagonista.

Mateo non tornerà. Mai più. E questo è vero. Non come le parole. Non come le fotografie. Non come i ricordi. È reale come un pavimento freddo o una tazza calda. Come un'assenza che non chiede il permesso. Come un'assenza che non bussa, ma semplicemente entra.

Ma puoi tornare. Se lo vorrai. Basta che l'addio che mi hai dato abbia un vuoto in cui il nostro amore possa risplendere. Puoi tornare, per davvero, di persona e non per lettere o semplici ricordi. Tornare, come se stessi semplicemente tornando da un posto lontano. Puoi tornare, tornare, senza spiegazioni, come se tornassi a cercare il calore di un abbraccio e il sapore salato di un bacio bagnato.

Torna, senza colpe, senza domande, solo con quello che avrebbe potuto essere e con quello che vuoi che sia.

Non festeggio la morte di Mateo. Ma non fingo nemmeno di essere triste. Sento qualcos'altro. Un caldo vuoto. Un sollievo scomodo. Un silenzio che non è pace, ma nemmeno guerra.

Ma festeggerò il tuo ritorno, anche se sto scappando da esso. Sono un pozzo di contraddizioni, cambio pensieri e desideri a ogni nuova riga.

E forse è questo che mi rimane: la speranza disordinata, la paura di vederti andare via di nuovo e il ridicolo coraggio di credere che questa volta funzionerà.

O, se non funziona, almeno fammi credere che funzionerà, finché durerà.

Mariangela, tu ci sei in mezzo. Si vede in ogni lettera che mi scrivi. Ritorna.

Ma prima di ritornare, permettiti di sentire tutto: la tristezza, il senso di colpa, il sollievo. Lasciati piangere per lui. Oppure no. Ma non fingere che non faccia male solo perché non era amore. Fa male. Perché era presenza. Perché era il passato. Perché, nonostante tutto, erano persone. E questo basta a far male.

Ma lascia che ti faccia più male non tornare da me, fino al punto in cui il dolore diventi così insopportabile da preferire morire o tornare, che è esattamente come mi sento.

Se hai bisogno di me, sono qui. Non come prima, ma per darti il benvenuto.

Mateo è morto.

Ma non tu.

E nemmeno io.

Leilac

Chiclana de la Frontera, 6 aprile 2025

13

Vecchiaia, risposta a Francesca
Chiclana, 6 aprile 2025, Leilac

Francesca,
Hai detto che sei sola e io ti credo.

Ma non è la solitudine abituale, quella di chi non ha un commensale o va a letto senza un calore umano accanto. La tua è diversa. È la solitudine che si prova dopo aver affrontato tutto. Quella che si prova dopo aver portato con sé vite, missioni, segreti, amori, pericoli ed essere sopravvissuti a tutto. Quella che viene dopo essere stati desiderati come l'acqua in tempi di siccità e temuti come una dura verità. La tua solitudine viene dopo.

E questo, Francesca, mi fotte dentro. Perché so quanto costa a una donna come te. Una donna che il mondo guardava con occhi d'amore e di paura, ma che ora deve fare i conti con il vuoto di chi non guarda più, o se lo fa è per voltarsi dall'altra parte. Perché la bellezza che hai ora — vera, cruda e distillata — non si vede più con gli occhi dei ventenni. Si vede con gli occhi di chi ha letto troppo e non vuole ammettere di aver perso la voglia di rileggere.

Voi dite che la bellezza è evaporata. No, sono evaporati gli occhi che sapevano vederla. La bellezza che rimane dopo la giovinezza non è la pelle tesa o i fianchi stretti e il seno teso. Ora è la bellezza delle rughe che hanno un nome proprio. È la bellezza di mani che sanno dove non toccare e dove il tocco è più importante e migliore. È la bellezza di corpi che hanno imparato a chiedere il permesso senza essere sottomessi.

Ma viviamo in un'epoca che ha orrore dell'autenticità, basta guardare Instagram per vedere i filtri che nascondono le imperfezioni e i segni del decadimento. La vecchiaia, anche quando si limita a salutare prima di insediarsi, come la nostra, è trattata come una lebbra emotiva. Come un'imperfezione che si cerca di nascondere con creme e filtri di Instagram. Io e te stiamo entrando — strisciando — in quel territorio dove le parole sono difficili e i silenzi pesanti.

Ho 48 anni. Lo dico lentamente, perché è più difficile di quanto dovrebbe essere. Perché solo ieri avevo 34 anni e salivo le scale tre gradini alla volta. Perché solo ieri ti vedevo arrivare alle cene con quel vestito nero e sapevo che nessun altro avrebbe fatto un respiro profondo in quella stanza senza pensare a te. Ora salgo le scale lentamente e ci penso due volte prima di ordinare del vino per cena o di bere acqua. Perché il reflusso mi sveglia alle quattro del mattino e la voglia di fare pipì non mi lascia dormire fino alla fine. Perché l'idea di andare a una festa mi sembra un oltraggio al mio corpo dolorante il giorno dopo. Perché non ho più la pazienza di aspettare che uno sconosciuto mi chieda cosa sto facendo della mia vita quando l'unica cosa che vorrei fare è chiedergli cosa ha già perso. Perché ci sono sere in cui preferirei preparare una zuppa piuttosto che bere *cocktail* dai nomi ridicoli. Perché gli sguardi non si soffermano più, non ho più quei trent'anni che incantavano ogni occhio. Perché c'è musica che sembra un errore e persone che sembrano attori di un copione debole. Perché ci sono locali in cui sono entrata a vent'anni e ne sono uscita con delle storie, e oggi passo davanti alla porta e mi chiedo se qualcuno lì sa dove sta l'essenza del divertimento. Non ballo più, Francesca, ballo. Con più pause. Con più risate interiori. Con più voglia di camminare, camminare e camminare sotto le stelle, preferibilmente in riva al mare. È in questo ritmo dolce che mi rendo conto: il tempo non mi sta più col fiato sul collo. Vive lì, con una chiave, con un letto fatto e, a volte, con la nostalgia.

E soprattutto, ora vedo il tempo divorare il mio corpo con la stessa lentezza di un insetto che rosicchia il legno dall'interno. Le ossa mi fanno male senza motivo. Le mattine sono difficili da affrontare. Lo specchio non è più mio complice, ma testimone. Fanculo, un giorno lo farò a pezzi, anche con sette anni di sfortuna.

E non è questa la cosa peggiore. La cosa peggiore è sapere che c'è ancora molto da fare. Che questo è solo l'inizio. Che quello che si prova — quel senso di decadimento controllato, quella paura di essere dipendenti, quel terrore di dover chiedere un giorno alla gente di pulirsi il culo — è reale. Che quella cazzo di vita, alla fine, è un lento allenamento all'umiliazione del corpo. Cazzo, preferirei morire con una pallottola nel culo. Ecco perché continuo a sfidare tutti e tutto, sempre in attesa di quel colpo.

Ma so che è diverso per chi ha figli, per chi ha altre responsabilità, per chi con un colpo risolve il suo problema di decadenza, ma aumenta quello degli altri, che dipendono da chi muore. La fine non è uguale per tutti. Non siamo tutti uguali.

Hai paura. Lo capisco. Perché anch'io ho paura. Quello che siamo ora è una sorta di fase intermedia: abbiamo ancora il vecchio luccichio negli occhi, l'agilità per correre su sette rampe di scale o camminare per due ore di fila a Madrid o a Parigi, ma i nostri gesti si stanno esaurendo. Le notti d'amore, che prima duravano fino al sorgere del sole, ora sono finite prima che la luna si spenga. Siamo ancora desiderabili in determinati contesti, ma non è più sufficiente essere in una stanza per avere un'inclinazione. E questa... è una perdita brutale. Una perdita dura.

Nessuno ci prepara all'irrilevanza. Ad essere le comparse della nostra stessa storia. A passare da protagonisti a semplici note a piè di pagina nelle vite degli altri, che solo gli avvocati più attenti leggono e solo per fregarci. Eppure siamo qui.

So della tua incontinenza, Francesca. L'ho sempre saputo. E non ho mai detto nulla perché non era importante. Perché il tuo corpo mi è sempre sembrato più tuo di qualsiasi sintomo. Ma so che ti fa male. Che c'è una sorta di vergogna che si instaura, non per quello che succede, ma per quello che ci costringe a provare. L'idea che il corpo che è sempre stato un desiderio possa diventare un peso. Che possa imbarazzare, intralciare, puzzare e fallire. Questo è l'inferno della coscienza: sapere che il tempo ti tradisce anche dentro la tua pelle.

Eppure siamo qui. A chiacchierare. A organizzare cene. A ordinare pane, vino e libri. Come se ci fosse ancora tempo. Come se il mondo di non ci spingesse con i guanti bianchi verso l'abisso, come i giapponesi spingono la folla su un treno. Sono i giapponesi o i cinesi a farlo? Non importa, perché la vita spinge allo stesso modo in tutto il mondo quando si tratta di vecchiaia.

Ma, Francesca, c'è tempo. C'è ancora.

Non il tempo precedente. Non quello sprecato. Ma l'altro. Quello raro. Il tempo che si assapora senza sensi di colpa e con desiderio. Il tempo che non è dato a tutti. Il tempo che non si passa con chiunque. Il tempo che ci rimane e che è il più prezioso. Perché viene dopo la fine dell'illusione e dell'autoinganno.

Non dovresti stare da sola. Lo dico con la certezza che viene solo con gli anni. Hai bisogno di qualcuno. Ma non di compagnia. Di presenza. Quella presenza che non si può spiegare o mascherare. Hai bisogno di qualcuno che conosca il tuo corpo e non abbia paura — cosa che trovo molto difficile, perché hai ancora un corpo meraviglioso che farà invidia a molte ventenni. Hai bisogno di qualcuno che conosca le tue cicatrici, quelle del corpo e quelle dell'anima, e che non voglia coprirle. Qualcuno che ti ascolti senza fretta e ti tocchi senza pietà.

E quel qualcuno, Francesca, può essere ancora tante persone, lui, che se n'è andato, me, o chiunque altro del passato, o qualcuno del tuo presente, o qualcuno nuovo, del futuro. Non è questo l'importante di questa lettera. Ciò che conta è che non accettiate di meno. Non accettare gli uomini che sorridono ma evitano ciò che eravate o ciò che siete ora. Non accettare coloro che fingono di ascoltare ma non vogliono sapere. Non accettare coloro che lodano il tuo coraggio ma tremano di fronte alla tua tristezza.

Sei fatta di un altro materiale, di un altro artiglio, di un'altra pelle e di un altro osso. Meriti qualcuno che ti capisca con le dita e ti rispetti con il silenzio. Che vi voglia anche se un giorno il tuo corpo vi abbandonerà. Che non si arrenderà quando la bellezza si ritirerà verso l'interno — e questo non è ancora successo, la tua bellezza è ancora lì, parola di un uomo che sa apprezzarla.

Ma forse non si trova in un marito, in un fidanzato o in un'avventura di una notte. Forse esiste solo in Sicilia. In quella donna che ti regala limoni e sa del tuo divorzio. In quell'uomo anziano che ti chiama ancora ragazza e non ha secondi fini. La signora del pane che ti dice: "Oggi hai gli occhi più grigi" senza sapere che è perché hai dormito male.

Forse la risposta si trova lì. Nella terra cruda. Nei giorni lenti. Nel mare agitato.

Io ci sarò. Giorno 17. Porterò vino, pane e un libro con le pagine consumate. Forse staremo in silenzio o forse parleremo fino a notte fonda e poi continueremo.

Perché parlare con te è sempre stato un modo per rimandare la morte. E forse, se parliamo troppo, il tempo si dimenticherà dirci l'ora.

Leilac

Chiclana de la Frontera, 6 aprile

14

Carte in tavola
Lago di Como, 6 aprile 2025, Mariangela

Ho letto la tua lettera due volte. La prima volta con rabbia. La seconda volta con una tristezza che mi ha spinto sul pavimento della cucina all'alba, con un bicchiere vuoto in mano e gli occhi pieni d'acqua.

Potevi essere più umano. Potevi prendere fiato prima di scrivere. Ma sei tu. Sei sempre stato tu: L'uomo che mi ha dato il mondo e poi mi ha travolto con una frase.

Sì, Mateo non era un santo. Non era nemmeno giusto. Era debole in molti modi e crudele in molti altri. Ma era un uomo, un umano, Leilac. Un uomo che ha vissuto, che ha sofferto e che ora è morto. Ora non c'è più. Ma tu, pur sapendolo, parli della sua morte come se fosse una battuta fuori tempo e una pietra finalmente scacciata.

Parlare di odio è una cosa. Parlarne con la crudele indifferenza di chi sembra sollevato di non dover più lottare per me... è un'altra cosa.

Era un personaggio dei tuoi libri, sì. Non negarlo. L'hai persino inserito nei suoi labirinti. In mezzo a tunnel, corridoi bui e decisioni senza via d'uscita. È entrato nei tuoi *enigmi* e nelle tue scacchiere, nel mezzo di giochi di pedine e altre storie. Lo hai trasformato in nemico perché ti serviva un cattivo. Credo che sia stato più che altro perché era comodo per le tue storie, per i tuoi libri. Perché sapevi di essere il protagonista e avevi bisogno di qualcun altro per giustificare i tuoi silenzi, le tue paure e le tue assenze. Era la tua scusa per scappare da me. Ma era anche la tua scusa per tornare. Lui era lì per tutto, soprattutto per giustificare le tue contraddizioni.

Sì, l'ho fatto. L'ho fatto entrare nella mia vita come cuscinetto. Un intervallo. Un nascondiglio mal organizzato dove mi sono protetta dal botto che eri tu.

Ma questo non lo rende meno persona.

Non ridurlo alla tua rabbia.

Tu dici che il lutto non riguarda i morti.

Si tratta di noi.

Allora lasciatemi fare il mio.

Anche se non meritava tutte le lacrime, ha lasciato ricordi negli angoli della "casa".

Odori. Rumori.

Quel modo particolare di far cadere le scarpe sulla porta.

Taceva quando sapeva che volevo solo il silenzio.

Non hai capito, o non hai voluto, che la tua lettera non era solo una risposta alla mia. Era anche una resa dei conti. Un accordo a libro aperto.

Ma Leilac, a volte la vita non è un'aula di tribunale o una trama di spionaggio. Sei sempre così litigioso, così combattivo, così aggressivo, soprattutto nelle tue parole, ancor più quando sono scritte.

A volte è solo qualcuno che è morto.

E un altro che è rimasto.

E un altro che legge.

E qualcuno che scrive.

Sì, sono arrabbiato con te.

Arrabbiato perché sei riuscito, ancora una volta, a mettere tutto al centro del tuo mondo. Il tuo dolore, il tuo odio e il tuo diritto di odiare.

E io? Sono rimasta nell'angolo.

Ho conservato le ceneri.

Mi restano i ricordi che non vuoi avere.

Ma poi, alla fine, come fai sempre, mi hai lasciato il vuoto.

Quello che mi sostiene.

Quella in cui torni a essere te stesso. Il vero te stesso. Quello che mi vede prima che io sappia di essere visto.

Mi hai detto di tornare.

Hai detto che avresti festeggiato il mio ritorno.

Allora, come posso risponderti?

Ti sto dicendo che ti amo ancora.

Non allo stesso modo. Non con quel fuoco insignificante di prima.

Ora è diverso.

Più silenzioso. Più pieno di rughe.

Con la paura. Con la memoria. Con la stanchezza.

Ma ancora amore. Molto amore. Un amore punitivo che in qualche modo vuole castigarti.

Mi manca quello che eravamo.

Quello che eravamo anche quando fingevamo che tutto andasse bene.

Mi mancano i tuoi occhi che urlano quando la tua bocca tace, perché sei sempre stato incapace di alzare la voce, perché sapevi che i tuoi silenzi erano molto più forti.

Mi manca vederti svegliare con l'aria di chi è già in fuga.

Mi manca il modo in cui sapevi dove ti faceva male senza che io dovessi dirlo.

Quasi ti odio perché mi fai ancora questo.

Ma sì.

Voglio ritornare.

Voglio sedermi con te una sera a Scopello, senza fretta, nella casa che hai ricostruito per noi. Dove c'è il quadro della galleria di Parigi, la "Tromba di un volto".

Voglio vedere il mare senza dover parlare.

Voglio sentirti dire cose stupide, difficili e giuste. Come sai fare tu, a volte tutte nella stessa frase.

Voglio invecchiare davanti a te e senza travestimenti.

Forse solo per qualche giorno.

O forse fino in fondo.

Ma io voglio farlo.

Prendi il vino.

Prendi il pane.
Prendi il libro in cui mi hai scritto.
E non portare fiori.
Non voglio nessun funerale.
Voglio rinascere.
Voglio ciò che è possibile.
Voglio te.
Le carte sono sul tavolo, gioca come vuoi. Non si può bluffare.
Mariangela.
Lago di Como, 6 aprile 2025.

15

Il gioco è iniziato
Chiclana de la Frontera, 6 aprile 2025, Leilac

Mariangela,
Ultimamente, sembra che nessuno voglia più fiori: tutti vogliono vino, pane e un libro. È una strana coincidenza. Forse abbiamo finalmente capito, tu, io e altri come noi, che i fiori sono per i funerali e gli addii, e che sono effimeri come le gioie delle notti vuote di festa o le glorie che si sbriciolano come zucchero sul fondo di una tazza di caffè. Forse perché i fiori appassiscono in fretta e non dicono nulla quando cadono. A differenza del vino, che ti riscalda dall'interno, del pane, che viene spezzato e condiviso, e di un libro, che continua a vivere nella tua testa per giorni dopo averlo chiuso.

La vita è, dopo tutto, un insieme di tavoli con briciole e macchie di vino che raccontano storie più reali di qualsiasi mazzo di rose che prometteva l'eternità e si è seccato in due giorni.

La tua lettera mi è arrivata in un giorno in cui mi sono sentito ancora più vecchio di ieri e meno vecchio di domani, avevo appena scritto a Francesca, che sta avendo una crisi esistenziale e di età, si sente vecchia, anche se ha 48 anni o giù di lì. Ho sentito quella specie di peso sulla schiena che viene dal corpo ma è più pesante nella testa, una stanchezza che non si può curare con il sonno o alleviare con il caffè.

Tu dici che mi ami ancora e io so che è vero, Mariangela. Lo so come si sanno le cose che non hanno bisogno di prove, come le presunzioni *jure et jure*, della legge per la legge, che non possono essere confutate, non ammettono prova contraria, perché sono scritte sulle cicatrici interne, sotto la pelle e nella memoria. È una di quelle cose, come la maggiore età: basta compiere diciotto anni e la legge presume, senza possibilità di dubbio, che tu sia capace, responsabile e autonomo. Anche il tuo amore per me è così: uno stato acquisito, irreversibile, che non richiede più prove né testimoni. Non importa se taci, se cambi paese o nome. Come la maggiore età, il tuo amore non dipende più dal tuo comportamento o dalla tua volontà. Viene dato per scontato. Assolutamente. E nessuno può dimostrare il contrario, nemmeno tu.

Ho 48 anni. Non è un'età che si annuncia con orgoglio o si lamenta ad alta voce. È un'età che si mormora lentamente, all'interno di una realtà che pesa, che accumula perdite, delusioni e una o due stanche vittorie. Ho successo, Mariangela. Ho soldi, ho un certo status accademico, sono ricercato per i miei inconfessabili appetiti professionali e pagato bene per questo, ho un certo riconoscimento sociale, almeno tra i miei coetanei — ma niente di tutto questo mi importa. Ciò che mi pesa, invece, è quello che non ho: L'immenso vuoto che rimane quando il rumore delle feste si spegne, quando le sale lussuose si svuotano, quando i contratti vengono chiusi e gli applausi sfumano nel silenzio di qualche conferenza. Questo vuoto è ciò che rimane dopo l'apparente scintillio, quando i piaceri che pensavamo fossero essenziali si rivelano una facciata fragile e insoddisfacente.

Tu parli di Mateo come se io non avessi sentito il dolore della sua perdita. Forse hai ragione. Ma la morte, per me, non è più un catalizzatore di emozioni facili. La morte, Mariangela, è diventata la metafora più reale e brutale della finitezza del tempo, il promemoria costante del fatto che tutto ciò che perseguiamo con tanta foga — denaro, potere, *status*, tutte quelle stronzate — non è altro che uno sforzo disperato per negare la nostra mortalità. Ogni funerale a cui partecipo, ogni amico o nemico che muore, è un orologio che ticchetta nelle profondità della mia coscienza, dicendo: il tempo è adesso, vivi adesso, senti adesso. E non sento la morte come un legame, ma come un avvertimento, un fottuto e aggressivo promemoria dell'importanza del presente.

La vita bohémien, le interminabili serate fuori, i matrimoni falliti — sapete che ne ho avuto uno, che vorrei non fosse mai fallito, non per il matrimonio, ma per la persona, l'essere più puro che abbia mai conosciuto — non erano altro che tentativi disperati di riempire un vuoto fondamentale, una noia esistenziale che mi ha spinto in battaglie inutili, tribunali in cui si combatte con parole taglienti e spionaggio aziendale che, in fondo, non è altro che un modo sofisticato di distrarre la coscienza dalla mancanza di un significato più profondo. La società applaude queste battaglie. Le considera gloriose e degne. Ma la società mente, Mariangela. Mente spudoratamente, vendendoci false glorie, premi vuoti e trofei vuoti che raccolgono polvere e nessuna felicità duratura.

Tu dici che sono diventato freddo alla sua morte. Forse è perché ho imparato con la forza che la ragione e la filosofia non sono sufficienti per comprendere la profondità dell'esistenza. Ho vissuto per molti anni credendo che il puro intelletto mi avrebbe dato delle risposte e che il razionalismo potesse risolvere l'assurdità della vita. Mi sbagliavo profondamente, perché il razionalismo puro porta alla sterilità, a un deserto emotivo, a un nichilismo silenzioso che erode lentamente ogni volontà di vivere. È stato allora che ho capito che l'unica cosa in grado di riempire questo vuoto, di superare questa brutale assenza di senso razionale, è qualcosa di profondamente irrazionale: l'amore. Non un amore idealizzato, ma quell'amore viscerale, caotico, imperfetto, che ferisce tanto quanto salva, che ci lacera dall'interno e ci ricostruisce con una colla che non funziona e con fili sciolti.

La felicità che la ricchezza e lo status mi hanno procurato è sempre stata temporanea e precaria, come un castello di carte eretto su un tavolo instabile e diroccato — come accade a tutti, anche se lo negano. L'ansia costante di mantenere le apparenze, di seguire le aspettative sociali, è diventata insopportabile. Nelle grandi città, nelle relazioni sociali di alto livello, l'ipocrisia e l'artificiosità sono la regola, mai l'eccezione — lo sai anche tu, come me, che viviamo dentro questo mondo, forse tu più di me; sicuramente tu più di me. Feste glamour, incontri eleganti e conversazioni superficiali in stanze che profumano di cinismo sono solo lo sfondo di maschere sorridenti e di ego alla disperata ricerca di conferme. Sono stanco, Mariangela. Sono stanco della farsa, dello spettacolo della vanità umana e della lotta frenetica per un potere illusorio. Tutto passa con il tempo, l'età e la morte. Questo viene dai libri, dalla novella di Tolstoj "La morte di Ivan Ilyich".

Ed è proprio in quei momenti, ai limiti più estremi dell'esperienza umana — quando ci confrontiamo direttamente con la nostra mortalità, con un pericolo imminente, con perdite devastanti — che si rivela qualcosa di più puro, di più vero. È in quei momenti che ci si rende conto che l'amore non solo esiste, ma è l'unica cosa che conta davvero, l'unica cosa che ci salva dalla solitudine assoluta dell'abisso. Non è la morte che mi unisce, ma l'amore. L'amore che urla più forte e più vero di qualsiasi altra cosa al mondo.

Scopello, Palermo, la Sicilia intera, per me sono sempre stati luoghi in cui questa verità diventa più chiara, più semplice e più autentica. Per Don Pablo, mio grande amico, quel luogo è Viana do Alentejo. Per mia sorella, scarto delle mie ossa, è a Vila Nova de Gaia, in riva al mare. Per Paula, la mia amica per procura, è in Toscana. Per Mia, che ha smesso di parlarmi per colpa tua, è in un paesino vicino a Saint Tropez o in Tunisia. Per Rodrigo è a Capo Verde, lontano dai tribunali e vicino al mare e all'essenza della vita. Per Camila è con Jasmin, a Le Levandou. Ognuno ha il suo posto, dove non ha bisogno di maschere. Per me è tra i pescatori e i venditori di pane, tra il pistacchio e l'arancina, tra il gelato e la pizza, tra la gente semplice che sa vivere con poco, dove c'è un'autenticità che nessuna grande città può offrire. È in questi luoghi, in queste persone che vivono con la disarmante chiarezza della semplicità, che trovo il vero significato. Nel modo in cui mi guardano negli occhi senza secondi fini, nel modo in cui mi dicono le verità che fanno male, ma che dobbiamo ascoltare.

Dici di voler tornare. Allora torna, Mariangela. Torna e viviamo senza maschere. Viviamo con pane, vino e libri. Lasciamo che il tempo ci invecchi insieme, con rughe sincere e ricordi veri. Abbracciamo la complessità della vita senza illusioni, ma con il coraggio di chi sa che la felicità non è un costante stato di estasi, ma una profonda, viscerale accettazione dei dolori e delle gioie che ci rendono umani.

La verità è che siamo cresciuti al contrario: prima abbiamo distrutto l'illusione e poi abbiamo capito che era possibile amare dopo.

Forse questa è la forma più pura di amore: quella che rimane quando tutte le storie e le scuse falliscono. Quello che rimane quando il desiderio viene svuotato dal teatro e tutto ciò che rimane è il palcoscenico nudo, con le sue tavole consumate e i suoi chiodi visibili. Allora si vede chi è rimasto e perché. L'amore che rimane quando non ci sono più promesse, non ci sono più progetti per il futuro e non ci sono più piani con una data fissa. L'amore che vive nel presente, nel gesto, nello sguardo che ha visto tutto e sceglie di restare. Senza garanzie, senza armature e senza teatro.

Non ti parlo come un uomo in cerca di redenzione, ma come qualcuno che ha attraversato il fuoco e ora si scalda nelle braci rimaste. C'è una bellezza cruda in ciò che ha resistito alla combustione. E noi, Mariangela, abbiamo resistito. Anche in disparte, anche in silenzio e anche sbagliando. E questo dice più di quanto qualsiasi lettera possa dire.

Oggi, seduto in un caffè di Chiclana, morendo dalla voglia di andare a Scopello, non sento nostalgia. Sento la presenza. Le pietre sanno di me più degli specchi, mi restituiscono l'immagine che gli altri non vedono.

Voglio tornare nella nostra casa in Sicilia, quella che ostinatamente nascondo a tutti e a tutto, ma non a te, perché è nostra, ha la nostra foto, la "Tromba di un volto". Lì mi rendo conto che la fede non deve essere necessariamente in Dio o in un dogma. Può essere in una signora che mi dà dei fichi su un vecchio Piaggio APE con il cassone aperto e la vernice consumata parcheggiato in piazza e mi chiede se ho dormito bene. Può essere in un bambino che corre dietro a un cane. Può essere in te, quando mi scrivi senza fronzoli o domande a trabocchetto.

Quindi, Mariangela, se torni, fallo per vivere senza discussioni teatrali o scuse con piè di pagina e *dichiarazioni di non responsabilità*. Vieni per essere e non per recitare. Porta i tuoi silenzi, le tue paure e anche le tue sciocche gelosie — ma porta anche le tue mani libere, il tuo cuore disponibile per me e i tuoi occhi limpidi. Vieni a condividere la tavola e non l'altare. Vieni a condividere il pane e non il senso di colpa.

E se non tornerai — e forse non lo farai — conservate almeno questa lettera, che non è né una richiesta né un invito, ma una testimonianza. Non di ciò che eravamo, ma di ciò che siamo ancora, se togliamo tutto il resto. Due esseri umani che si riconoscono. E questo è sufficiente.

Prenotazione per Scopello. 17 aprile, dopo le 15.00.

Hai la chiave della porta — è nuova, graffia ancora un po' quando entra nella serratura, i bordi sono ruvidi, come le parole che non abbiamo detto in tempo.

Entrare. Appoggia il cappotto sulla sedia della cucina. Apri le finestre, lascia entrare il mare e lascia che il vento faccia frusciare le carte sul tavolo, come ha sempre fatto.

Il frigorifero è probabilmente vuoto, ma c'è sempre del vino nel ripiano inferiore della credenza. L'asciugamano verde è ancora nel solito cassetto.

Aspettatemi. Se arrivo prima io, ti aspetto io.

Nessuna parola detta. Nessuna domanda. Solo presenza.

Tutto qui. Che, in fondo, è tutto.

Leilac

Chiclana de la Frontera, 6 aprile 2025.

Postfazione

Si dice che un libro finisca quando si gira l'ultima pagina. È una bugia.

Un libro come questo non finisce. Ci si appoggia al bordo di ciò che manca e si aspetta

Scopello è ancora disperso. Scopello non è arrivato. Non ancora.

E così questo libro — come me — rimane incompiuto.

Rimane sospeso tra ciò che è stato detto e ciò che è stato scritto, in modo che non debba essere detto.

Continua tra lettere che non sono state lette, tra voci che non sono arrivate e tra profumi che non sono stati ripetuti.

Il mare manca.

Il mare di Scopello, quello che non ha bisogno di infuriarsi per mostrarsi indomito.

Il mare che non risponde, ma ascolta.

Che non giudica, ma trascina.

Il mare che è stato testimone dei silenzi più puliti e dei baci più sporchi.

Il mare, che mi ha visto cadere in ginocchio — non per devozione, ma per fragilità.

Ed è scomparsa.

La donna che darà il punto fermo o il nuovo paragrafo.

È Francesca, con gli occhi di chi ha visto troppo e vuole ancora vedere di più?

È Mariangela, con i suoi silenzi spinosi e le sue parole che bruciano come puro sale grosso in una ferita mal lavata?

O è la donna APE che mi offre fichi e mi chiede se ho dormito bene, come se non sapesse che ho dormito di merda solo guardandomi in faccia?

Potrebbe essere uno di loro?

Non c'è nessuno?

È il tempo?

È il vuoto?

Non lo so.

Ma so questo: ho scritto tutto quello che potevo finora.

Scrivevo con il mio corpo, con gli occhi bruciati dalle prime ore del mattino e con le dita che strappavano la carta come se ci fosse una pelle sotto.

E ora... non ci resta che aspettare.

Scopello mi sta ancora aspettando. Mi aspetterà sempre. È L'unica che non scappa.

Con il suo odore di pietra calda e limone andato a male, con i suoi cani randagi e il vecchio del pub che mi chiama "*dottore*" senza sapere perché.

Lì, forse, accadrà ciò che qui è rimasto irrisolto.

O forse no.

Forse ciò che accade a Scopello non dovrebbe essere scritto.

Appena vissuto.

O semplicemente sopportata.

Questo libro, se mai finirà, sarà lì. O forse dopo.

Su quel balcone affacciato sul blu che non promette nulla.

Se verrà, scriverò un altro capitolo. Di questo libro, ma con una nuova vita.

Se non verrà, scriverò di nuovo lo stesso capitolo, ma in un nuovo libro, con la stessa vita di merda di sempre: senza di lei.

Con le stesse parole.

Con più rabbia.

O con più tenerezza.

Ma scriverò.

Perché non ho ancora imparato un altro modo di respirare.

Scopello, devi ancora vivere e scrivere.

Se vi piace questo libro, potreste apprezzare anche il "Gioco di cuori, "Il Labirinto dello Scrittore", il "Gambetto di Pedone" e il "Puzzle del Diavolo". Sebbene questo sia un sequel, tutti e cinque i libri possono essere letti indipendentemente. I quattro libri precedenti hanno preparato il terreno per le carte di questo libro, introducendo i personaggi e l'affascinante universo che abitano.

Ogni libro offre un'esperienza unica e coinvolgente, quindi che si inizi con la prima, la seconda, la terza, la quarta o queste lettere, si sta per intraprendere un viaggio emozionante pieno di profondità, mistero e tanto amore.

Esplorate queste storie interconnesse e scoprite come ogni pezzo, che si tratti di scacchi o di un *puzzle* o di un labirinto o di un gioco di carte, si adatti ogni parola di queste carte, indipendentemente da dove scegliete di iniziare.

Indice

This book has been produced in line with the EU GPSR guidelines about the safety of products.

The General Product Safety Regulation is the European Union's updated framework for ensuring that all consumer products, including books, are safe for consumers.

This book has been printed by CPI books GmbH. The printer has issued safety certificates for the materials - like ink, paper and glue - being used.

The product identifier is: 9789403798431

The author is responsible for the content of the book, is the publisher of the works and bears full responsibility for it.

The book has been produced via Bookmundo. Bookmundo enables any author to share their stories with the rest of the world via printed books and ebooks and a broad distribution network.

Bookmundo will act as an intermediary in regard to questions about safety and will address them to the printer / author. Should there be any question in regard to the safety of the product, please contact us.

Bookmundo
Delftsestraat 33
3013AE Rotterdam
The Netherlands
info@bookmundo.com

Zeitfracht Medien GmbH
Ferdinand-Jühlke-Straße 7
99095 Erfurt, Deutschland
produktsicherheit@kolibri360.de